L'ÉPREUVE,

COMÉDIE.

On trouve chez le même Libraire :

PIÈCES DU RÉPERTOIRE DU THÉATRE FRANÇAIS,

AVEC TOUTES LES ADDITIONS ET CHANGEMENS CONFORMES A LA REPRÉSENTATION.

TRAGÉDIES.

Abufar, de Ducis.
Adélaïde du Guesclin, de Voltaire.
Agamemnon, de M. Lemercier, 3e éd.
Alzire, de Voltaire.
Andromaque, de Racine.
Athalie, de Racine.
Britannicus, de Racine.
Cid (le), de P. Corneille.
Cinna, de P. Corneille.
Comte de Warwick (le), de Laharpe.
Coriolan, de Laharpe.
Gabrielle de Vergy, de Dubelloy.
Hector, de Luce de Lancival, fig.
Horace (les), de P. Corneille.
Iphigénie en Aulide, de Racine.
Iphigénie en Tauride, de Guimond de Latouche.
Mahomet, de Voltaire.
Manlius Capitolinus, de Lafosse.
Mariamne, de Voltaire.
Mérope, de Voltaire.
Nicomède, de P. Corneille.
OEdipe, de Voltaire,
Othello, de Ducis.
Phèdre, de Racine.
Polyeucte, de P. Corneille.
Rhadamiste et Zénobie, de Crébillon.
Rodogune, de P. Corneille.
Sémiramis, de Voltaire.
Spartacus, de Saurin.
Tancrède, de Voltaire.
Venceslas, de Rotrou.
Zaïre, de Voltaire.

COMÉDIES.

Abbé de l'Épée (l'), en 5 actes, de M. Bouilly.
Avare (l'), en 5 actes, de Molière.
Barbier de Séville (le), en 4 actes, de Beaumarchais.
Chevalier à la mode (le), en 5 actes, de Dancourt.
Coquette corrigée (la), en 5 actes, de Lanoue.
Crispin rival de son maître, en un acte, de Lesage.
Dehors trompeurs (les), en 5 actes, de Boissy.
Deux Frères (les), en 4 actes, trad. de Kotzebue.
École des Femmes (l'), de Molière.
Épreuve (l'), en 1 acte, de Marivaux.

Étourdis (les), en un acte, de M. Andrieux.
Fausse Agnès (la), en 3 actes, de Destouches.
Fausses confidences (les), en 3 actes, de Marivaux.
Fausses infidélités (les), en un acte, de Barthe.
Femme jalouse (la), en 5 actes, de Desforges.
Femmes savantes (les), en 5 actes, de Molière.
Fourberies de Scapin (les), en trois actes, de Molière.
Grondeur (le), en 3 actes, de Brueys et Palaprat.
Habitant de la Guadeloupe (l') en 3 actes, de Mercier.
Héritiers (les), ou le Naufrage, en un acte, de M. Al. Duval.
Heureuse Erreur (l'), en un acte, de Patrat.
Honnête Criminel (l'), en 5 actes, de Fenouillot de Falbaire.
Jaloux sans amour (le), en 5 actes, d'Imbert.
Jeu de l'Amour et du Hasard (le), en 3 actes, de Marivaux.
Joueur (le), en 5 actes, de Regnard.
Légataire universel (le), en 5 actes.
Legs (le), en un acte, de Marivaux.
Mariage de Figaro (le), en 5 actes, de Beaumarchais.
Mariage secret (le), en 3 actes, de Desfaucherets.
Médecin malgré lui (le), en 3 actes, de Molière.
Mercure galant (le), en 4 actes, de Boursault.
Métromanie (la), en 5 actes, de Piron.
Misanthrope (le), 5 actes, de Molière.
Misanthropie et repentir, en 5 actes, traduit de Kotzebue.
M. de Crac dans son petit castel, en un acte, de Colin d'Harleville.
Nanine, en 3 actes, de Voltaire.
Philosophe marié (le), en 5 actes.
Plaideurs (les), en 3 act. de Racine.
Projets de mariage (les), en un acte, de M. Al. Duval.
Rivaux d'eux-mêmes (les), en un acte, de M. Pigault-Lebrun.
Tartuffe, en 5 actes, de Molière.
Tartuffe de mœurs (le), en 5 actes, de Chéron.
Trois Sultanes (les), en 3 actes, de Favart.

Les autres pièces paraîtront successivement.

IMPRIMERIE DE DUFEY, A PONTOISE.

L'ÉPREUVE,

COMÉDIE EN UN ACTE,

DE MARIVAUX;

Représentée, pour la première fois, par les Comédiens
Italiens ordinaires du Roi, le samedi 19 novembre 1740.

NOUVELLE ÉDITION,
CONFORME A LA REPRÉSENTATION.

Prix : 1 fr. 50 c.

A PARIS,

CHEZ J.-N. BARBA, LIBRAIRE,

ÉDITEUR DES OEUVRES DE MM. PIGAULT-LEBRUN, PICARD
et ALEX. DUVAL,

PALAIS-ROYAL, DERRIÈRE LE THÉATRE FRANCAIS, N° 51.

1822.

PERSONNAGES.

LUCIDOR, amant d'Angélique.
FRONTIN, valet de Lucidor.
Maître BLAISE, jeune fermier du village.

Madame ARGANTE.
ANGÉLIQUE, fille de madame Argante.
LISETTE, suivante.

La scène se passe dans un château à quelques lieues de Paris.

L'ÉPREUVE,

COMÉDIE.

Le théâtre représente une salle.

SCÈNE I.

LUCIDOR, FRONTIN. (*Il est en bottes et en habit de maître.*)

LUCIDOR.

Entrons dans cette salle. Tu ne fais donc que d'arriver?

FRONTIN.

Je viens de mettre pied à terre à la première hôtellerie du village; j'ai demandé le chemin du château, suivant l'ordre de votre lettre, et me voilà dans l'équipage que vous m'avez prescrit. De ma figure, qu'en dites-vous?

(*Il se retourne.*)

Y reconnaissez-vous votre valet de chambre, et n'ai-je pas l'air un peu trop seigneur?

LUCIDOR.

Tu es comme il faut. A qui t'es-tu adressé en entrant?

FRONTIN.

Je n'ai rencontré qu'un petit garçon dans la cour, et vous avez paru. A présent, que voulez-vous faire de moi et de ma bonne mine?

LUCIDOR.

Te proposer pour époux à une très-aimable fille.

FRONTIN.

Tout de bon! Ma foi, monsieur, je soutiens que vous êtes encore plus aimable qu'elle.

LUCIDOR.

Eh! non, tu te trompes : c'est moi que la chose regarde.

FRONTIN.

En ce cas-là, je ne soutiens plus rien.

L'Épreuve.

LUCIDOR.

Tu sais que je suis venu ici, il y a près de deux mois, pour y voir la terre que mon homme d'affaires m'a achetée; j'ai trouvé dans le château une madame Argante, qui en était comme concierge, et qui est une petite bourgeoise de ce pays-ci. Cette bonne dame a une fille qui m'a charmé, et c'est pour elle que je veux te proposer.

FRONTIN, *riant.*

Pour cette fille que vous aimez? La confidence est gaillarde. Nous serons donc trois? Vous traitez cette affaire-ci comme une partie de piquet.

LUCIDOR.

Écoute-moi donc. J'ai dessein de l'épouser, moi-même.

FRONTIN.

Je vous entends bien, quand je l'aurai épousée.

LUCIDOR.

Me laisseras-tu dire? Je te présenterai sur le pied d'un homme riche et mon ami, afin de voir si elle m'aimera assez pour le refuser.

FRONTIN.

Ah! c'est une autre histoire; et, cela étant, il y a une chose qui m'inquiète.

LUCIDOR.

Quoi?

FRONTIN.

C'est qu'en venant, j'ai rencontré près de l'hôtellerie une fille, qui ne m'a pas aperçu, je pense, qui causait sur le pas d'une porte, mais qui m'a bien la mine d'être une certaine Lisette, que j'ai connue à Paris il y a quatre ou cinq ans, et qui était à une dame chez qui mon maître allait souvent. Je n'ai vu cette Lisette-là que deux ou trois fois; mais, comme elle était jolie, je lui en ai conté tout autant de fois que je l'ai vue, et cela vous grave dans l'esprit d'une fille.

LUCIDOR.

Mais vraiment, il y en a une chez madame Argante, de ce nom-là, qui est du village, qui y a toute sa famille, et qui a passé en effet quelque temps à Paris avec une dame du pays.

FRONTIN.

Ma foi, monsieur, la friponne me reconnaîtra; il y a de certaines tournures d'hommes qu'on n'oublie point.

LUCIDOR.

Tout le remède que j'y sache, c'est de payer d'effronterie, et de lui persuader qu'elle se trompe.

FRONTIN.

Oh! pour de l'effronterie, je suis en fonds.

LUCIDOR.

N'y a-t-il pas des hommes qui se ressemblent tant qu'on s'y méprend?

FRONTIN.

Allons, je ressemblerai, voilà tout. Mais dites-moi, monsieur, souffririez-vous un petit mot de représentation?

LUCIDOR.

Parle.

FRONTIN.

Quoiqu'à la fleur de votre âge, vous êtes tout-à-fait sage et raisonnable; il me semble pourtant que votre projet est un peu jeune.

LUCIDOR, *fâché.*

Hem?

FRONTIN.

Doucement. Vous êtes le fils d'un riche négociant qui vous a laissé plus de cent mille livres de rente, et vous pouvez prétendre aux plus grands partis; le minois dont vous parlez est-il fait pour vous appartenir en légitime mariage? Riche comme vous êtes, on peut se tirer de là à meilleur marché, ce me semble.

LUCIDOR.

Tais-toi; tu ne connais point celle dont tu parles: il est vrai qu'Angélique n'est qu'une simple bourgeoise de campagne; mais originairement elle me vaut bien, et je n'ai pas l'entêtement des grandes alliances; elle est d'ailleurs si aimable, et je démêle, à travers son innocence, tant d'honneur et tant de vertu en elle; elle a naturellement un caractère si distingué, que, si elle m'aime, comme je le crois, je ne serai jamais qu'à elle.

FRONTIN.

Comment! si elle vous aime! Est-ce que cela n'est pas décidé?

LUCIDOR.

Non; il n'a pas encore été question du mot d'amour entre

elle et moi; je ne lui ai jamais dit que je l'aime, mais toutes mes façons n'ont signifié que cela; toutes les siennes n'ont été que des expressions du penchant le plus tendre et le plus ingénu. Je tombai malade trois jours après mon arrivée, j'ai été même en quelque danger; je l'ai vue inquiète, allarmée, plus changée que moi; j'ai vu des larmes couler de ses yeux, sans que sa mère s'en aperçût; et depuis que la santé m'est revenue, nous continuons de même : je l'aime toujours sans le lui dire, elle m'aime aussi sans m'en parler, et sans vouloir cependant m'en faire un secret : son cœur simple, honnête et vrai, n'en sait pas davantage.

FRONTIN.

Mais vous, qui en savez plus qu'elle, que ne mettez-vous un petit mot d'amour en avant? Il ne gâterait rien.

LUCIDOR.

Il n'est pas temps : tout sûr que je suis de son cœur, je veux savoir à quoi je le dois, et si c'est l'homme riche, ou seulement moi qu'on aime; c'est ce que j'éclaircirai par l'épreuve où je vais la mettre : il m'est encore permis de n'appeler qu'amitié tout ce qui est entre nous deux, et c'est de quoi je vais profiter.

FRONTIN.

Voilà qui est fort bien; mais ce n'était pas moi qu'il fallait employer.

LUCIDOR.

Pourquoi?

FRONTIN.

Oh! pourquoi? Mettez-vous à la place d'une fille, et ouvrez les yeux, vous verrez pourquoi. Il y a cent à parier contre un que je plairai.

LUCIDOR.

Le sot! Eh bien, si tu lui plais, j'y remédierai sur le champ en te faisant connaître. As-tu apporté les bijoux?

FRONTIN, *fouillant dans sa poche.*

Tenez, voilà tout.

LUCIDOR.

Puisque personne ne t'a vu entrer, retire-toi avant que quelqu'un que je vois dans le jardin, n'arrive. Va t'ajuster, et ne reparais que dans une heure ou deux.

FRONTIN.

Si vous jouez de malheur, souvenez-vous que je vous l'ai prédit.

(Il sort.)

SCÈNE II.

M^tre BLAISE, *qui vient doucement. (Il est habillé en riche fermier.)* LUCIDOR.

LUCIDOR, *à lui-même.*

Il vient à moi, il paraît avoir à me parler.

M^tre BLAISE.

Je vous salue, monsieur Lucidor, Eh bien! qu'est-ce? comment vous va? Vous avez bonne maine à cette heure.

LUCIDOR.

Oui, je me porte assez bien, maître Blaise.

M^tre BLAISE.

Faut convenir que voute maladie vous a bien fait du proufit : vous velà, morgué, pus rougeaut, pus varmeille!... Ça réjouit, ça me plaît à voir.

LUCIDOR.

Je vous en suis bien obligé.

M^tre BLAISE.

C'est que j'aime tant la santé des braves gens, alle est si recommandabe, surtout la voute, qui est la plus recommandabe de tout le monde.

LUCIDOR.

Vous avez raison d'y prendre quelque intérêt; je voudrais pouvoir vous être utile à quelque chose.

M^tre BLAISE.

Voirement, cette utilité-là est belle et bonne; et je vians tout justement vous prier de m'en gratifier d'une.

LUCIDOR.

Voyons.

M^tre BLAISE.

Vous savez bian, monsieur, que je fréquente chez madame Argante et sa fille Angélique. Alle est gentille, au moins.

LUCIDOR.

Assurément.

M^tre BLAISE, *riant.*

Hé, hé, hé, c'est, ne vous déplaise, que je vourais avoir sa gentillesse en mariage.

LUCIDOR.

Vous aimez donc Angélique?

M^{tre} BLAISE.

Ah! cette petite criature-là m'affolle, j'en pars si peu
d'esprit que j'ai; quand il fait jour, je pense à elle; quand
il fait nuit, j'en rêve. Il me faut du remède à ça, et je vians
envars vous à celle fin, par voute moyen, pour l'honneur
et le respect qu'on vous porte ici, sauf voute grâce, et si ça
ne vous torne pas à importunité, de me favoriser de queu-
ques bonnes paroles auprès de sa mère, dont j'ai itou besoin de la faveur.

LUCIDOR.

Je vous entends; vous souhaitez que j'engage madame Argante à vous donner sa fille. Et Angélique vous aime-t-elle?

M^{tre} BLAISE.

Oh! dame! quand parfois je li conte ma chance, alle
rit de tout son cœur, et me plante là. C'est bon signe,
n'est-ce pas?

LUCIDOR.

Ni bon, ni mauvais. Au surplus, comme je crois que
madame Argante a peu de bien, et que vous êtes fermier
de plusieurs terres, fils de fermier vous-même........

M^{tre} BLAISE.

Et que je sis encore une jeunesse; car je n'ons que trente
ans, et d'himeur folichonne, un Roger-Bontemps.

LUCIDOR.

Le parti pourrait convenir, sans une difficulté.

M^{tre} BLAISE.

Laquelle?

LUCIDOR.

C'est qu'en revanche des soins que madame Argante et
toute sa maison ont eu de moi pendant ma maladie, j'ai
songé à marier Angélique à quelqu'un de fort riche, qui va
se présenter, qui ne veut précisément épouser qu'une fille
de campagne, de famille honnête, et qui ne se soucie pas
qu'elle ait du bien.

M^{tre} BLAISE, *se concrant d'un air fâché.*

Morgué! vous me faites là un vilain tour avec voute avi-
sement, monsieur Lucidor; velà qui m'est bian rude, bian
chagrinant, et bian traître. Jarnigué! soyons bons, je l'ap-

prouve, mais ne foulons parsonne. Je sis voute prochain autant qu'un autre, et ne faut pas peser sur sti-ci pour alléger sur sti-là. Moi qui avais tant de peur que vous ne mouriez ! c'était bian la peine de venir vingt fois demander : Comment va-t-il ? comment ne va-t-il pas ? Velà-t-il pas une santé qui m'est bien chanceuse, après vous avoir mené moi-même sti-là qui vous a tiré deux fois du sang, et qui est mon cousin, afin que vous le sachiez, mon propre cousin germain, ma mère était sa tante ; et, jarni ! ce n'est pas bian fait à vous.

LUCIDOR.

Votre parenté avec lui n'ajoute rien à l'obligation que je vous ai.

M^{tre} BLAISE.

Sans compter que c'est cinq bonnes mille livres que vous m'ôtez comme un sou, et que la petite aura en mariage.

LUCIDOR.

Calmez-vous. Est-ce cela que vous en espérez ? Eh bien ! je vous en donne douze pour en épouser une autre, et pour vous dédommager du chagrin que je vous fais.

M^{tre} BLAISE.

Quoi ! douze mille livres d'argent sec ?

LUCIDOR.

Oui, je vous les promets, sans vous ôter cependant la liberté de vous présenter pour Angélique ; au contraire, j'exige même que vous la demandiez à madame Argante : je l'exige, entendez-vous ? car si vous plaisez à Angélique, je serais très-fâché de la priver d'un homme qu'elle aimerait.

M^{tre} BLAISE, se frottant les yeux de surprise.

Eh mais ! c'est comme un prince qui parle. Douze mille livres ! Les bras m'en tombont ! Je ne saurais me ravoir. Allons, monsieur, boutez-vous là, que je me prosterne devant vous, ni plus ni moins que devant un prodige.

LUCIDOR.

Il n'est pas nécessaire, point de compliment ; je vous tiendrai parole.

M^{tre} BLAISE.

Après que j'ons été si mal appris, si brutal. Eh ! dites-moi, roi que vous êtes, si par aventure Angélique me chérit, j'aurons donc la femme et les douze mille francs avec ?

LUCIDOR.

Ce n'est pas tout-à-fait cela. Ecoutez-moi : je prétends, vous dis-je, que vous vous proposiez pour Angélique, indépendamment du mari que je lui offrirai ; si elle vous accepte, comme alors je n'aurai fait aucun tort à votre amour, je ne vous donnerai rien ; si elle vous refuse, les douze mille francs sont à vous.

M^{tre} BLAISE, *vivement*.

Alle me refusera, monsieur, alle me refusera : le Ciel m'en fera la grâce à cause de vous qui le désirez.

LUCIDOR.

Prenez garde, je vois bien qu'à cause des douze mille francs, vous ne demandez déjà pas mieux que d'être refusé.

M^{tre} BLAISE.

Hélas! peut-être bian que la somme m'étourdit un petit brin ; j'en sis friand, je le confesse ; alle est si consolante.

LUCIDOR.

Je mets cependant encore une condition à notre marché ; c'est que vous feigniez de l'empressement pour obtenir Angélique, et que vous continuiez de paraître amoureux d'elle.

M^{tre} BLAISE.

Oui, monsieur, je serons fidèle à ça ; mais j'ons bonne espérance de n'être pas daigne d'elle, et mêmement j'avons opinion, si alle osait, qu'alle vous aimerait plus que parsonne.

LUCIDOR.

Moi! maître Blaise ; vous me surprenez ; je ne m'en suis pas aperçu, vous vous trompez ; en tout cas, si elle ne veut pas de vous, souvenez-vous de lui faire ce petit reproche-là ; je serais bien aise de savoir ce qui en est, par pure curiosité.

M^{tre} BLAISE.

En n'y manquera pas ; en li reprochera devant vous, drès que monsieur le commande.

LUCIDOR.

Et comme je ne vous crois pas mal-à-propos glorieux, vous me ferez plaisir aussi de jeter vos vues sur Lisette, que, sans compter les douze mille francs, vous ne vous repentirez pas d'avoir choisi, je vous en avertis.

M^{tre} BLAISE.

Hélas! il n'y a qu'à dire, en se revivera itou sur elle; je l'aimerai par mortification.

LUCIDOR.

J'avoue qu'elle sert madame Argante; mais elle n'est pas de moindre condition que les autres filles du village.

M^{tre} BLAISE.

Eh! voirement, alle en est née naïve.

LUCIDOR.

Jeune et bien faite, d'ailleurs.

M^{tre} BLAISE.

Charmante. Monsieur varra l'appétit que je prends déjà pour elle.

LUCIDOR.

Mais je vous ordonne une chose; c'est de ne lui dire que vous l'aimez qu'après qu'Angélique se sera expliquée sur votre compte : il ne faut pas que Lisette sache vos desseins auparavant.

M^{tre} BLAISE.

Laissez faire à Blaise; en li parlant, je li dirai des propos où elle ne comprenra rin.

SCENE III.

LISETTE, LUCIDOR, M^{tre} BLAISE.

M^{tre} BLAISE.

La velà. Vous plaît-il que je m'en aille?

LUCIDOR.

Rien ne vous empêche de rester.

LISETTE, *s'approchant.*

Je viens d'apprendre, monsieur, par le petit garçon de notre vigneron, qu'il vous était arrivé une visite de Paris.

LUCIDOR.

Oui, c'est un de mes amis qui vient me voir.

LISETTE.

Dans quel appartement du château souhaitez-vous qu'on le loge?

L'Épreuve. 2

LUCIDOR.

Nous verrons quand il sera revenu de l'hôtellerie où il
est retourné. Où est Angélique, Lisette?

LISETTE.

Il me semble l'avoir vue dans le jardin, qui s'amusait à
cueillir des fleurs.

LUCIDOR, *en montrant Blaise.*

Voici un homme qui est de bonne volonté pour elle, qui
a grande envie de l'épouser, et je lui demandais si elle avait
de l'inclination pour lui. Qu'en pensez-vous?

M^{tre} BLAISE.

Oui, de queul avis êtes-vous touchant ça, belle brunette,
ma mie?

LISETTE.

Eh mais, autant que j'en puis jurer, mon avis est que
jusqu'ici elle n'a rien dans le cœur pour vous.

M^{tre} BLAISE, *gaîment.*

Rian du tout? C'est ce que je disais. Que mademoiselle
Lisette a de jugement!

LISETTE.

Ma réponse n'a rien de trop flatteur; mais je ne saurais
en faire une autre.

M^{tre} BLAISE, *cavalièrement.*

Ctelle-là est belle et bonne, et je m'y accorde. J'aime
qu'on soit franc; et, en effet, queul mérite avons-je pour
li plaire, à cette enfant?

LISETTE.

Ce n'est pas que vous ne valiez votre prix, monsieur Blaise;
mais je crains que madame Argante ne vous trouve pas
assez de bien pour sa fille.

M^{tre} BLAISE, *riant.*

Ça est vrai, pas assez de bian. Pus vous allez, mieux
vous dites.

LISETTE.

Vous me faites rire, avec votre air joyeux.

LUCIDOR.

C'est qu'il n'espère pas grand'chose.

M^{tre} BLAISE.

Oui, velà ce que c'est; et pis, tout ce qui viant, je le
prends. (*A Lisette*). Le biau brin de fille que vous êtes!

LISETTE.

La tête lui tourne, ou il y a là quelque chose que je n'entends pas.

M^{tre} BLAISE.

Stapendant je me baillerai bian du tourment pour avoir Angélique; et il en pourra venir que je l'aurons, ou bian que je ne l'aurons pas : faut mettre les deux pour deviner juste.

LISETTE, *en riant.*

Vous êtes un très-grand devin.

LUCIDOR.

Quoi qu'il en soit, j'ai aussi un parti à lui offrir, mais un très-bon parti; il s'agit d'un homme du monde, et voilà pourquoi je m'informe si elle n'aime personne.

LISETTE.

Dès que vous vous mêlez de l'établir, je pense bien qu'elle s'en tiendra là.

LUCIDOR.

Adieu, Lisette. Je vais faire un tour dans la grande allée; quand Angélique sera venue, je vous prie de m'en avertir. Soyez persuadée, à votre égard, que je ne m'en retournerai point à Paris sans récompenser le zèle que vous m'avez marqué.

LISETTE.

Vous avez bien de la bonté, monsieur.

LUCIDOR, *bas à Blaise, en s'en allant.*

Ménagez vos termes avec Lisette, maître Blaise.

M^{tre} BLAISE.

Aussi fais-je, je n'y mets pas le sens commun.

SCENE IV.

LISETTE, M^{tre} BLAISE.

LISETTE.

Ce monsieur Lucidor a le meilleur cœur du monde!

M^{tre} BLAISE.

Oh! un cœur magnifique, un cœur tout d'or. Au surplus, comment vous portez-vous, mademoiselle Lisette?

LISETTE, *riant.*

Eh! que voulez-vous dire, avec votre compliment, maître Blaise? vous tenez depuis un moment des discours bien étranges.

M^tre BLAISE.

Oui, j'ons des manières fantasques, et ça vous étonne, n'est-ce pas? Je m'en doute bian. (*Par réflexion*). Que vous êtes agriable!

LISETTE.

Que vous êtes original, avec votre agréable! Comme il me regarde! En vérité, vous extravaguez.

M^tre BLAISE.

Tout au contraire, c'est ma prudence qui vous contemple.

LISETTE.

Eh bien, contemplez, voyez: ai-je aujourd'hui le visage autrement fait que je ne l'avais hier?

M^tre BLAISE.

Non, c'est moi qui le vois mieux que de coutume; il est tout nouviau pour moi.

LISETTE, *voulant s'en aller.*

Eh! que le Ciel vous bénisse!

M^tre BLAISE, *l'arrêtant.*

Attendez donc.

LISETTE.

Eh! que me voulez-vous? C'est se moquer que de vous entendre; on dirait que vous m'en contez: je sais bien que vous êtes un fermier à votre aise, et que je ne suis pas pour vous: de quoi s'agit-il donc?

M^tre BLAISE.

De m'acouter sans y voir goutte, et de dire à part vous: Ouais! faut qu'il y ait un secret à ça.

LISETTE.

Et à propos de quoi, un secret? Vous ne me dites rien d'intelligible.

M^tre BLAISE.

Non, c'est fait exprès, c'est résolu.

LISETTE.

Voilà qui est bien particulier! Ne recherchez-vous pas Angélique?

M^{tre} BLAISE.

Ça est itou conclu.

LISETTE.

Plus je rêve, et plus je m'y perds.

M^{tre} BLAISE.

Faut que vous vous y perdiais.

LISETTE.

Mais pourquoi me trouver si agréable? Par quel accident le remarquez-vous plus qu'à l'ordinaire? Jusqu'ici vous n'avez pas pris garde si je l'étais ou non. Croirai-je que vous êtes tombé subitement amoureux de moi? Je ne vous en empêche pas.

M^{tre} BLAISE, *vite et vivement.*

Je ne dis pas que je vous aime.

LISETTE, *riant.*

Que dites-vous donc?

M^{tre} BLAISE.

Je ne dis pas que je ne vous aime point, ni l'un ni l'autre, vous m'en êtes témoin; j'ons donné ma parole, je marche droit en besogne, voyez-vous : il n'y a pas à rire à ça, je ne dis rin, mais je pense; et je vais répétant : Que vous êtes agriable!

LISETTE, *étonnée, le regardant.*

Je vous regarde à mon tour; et, si je ne me figurais pas que vous êtes timbré, en vérité, je soupçonnerais que vous ne me haïssez pas.

M^{tre} BLAISE.

Oh! soupçonnez, croyez, persuadez-vous, il n'y aura pas de mal, pourvu qu'il n'y ait pas de ma faute, et que ça vienne de vous toute seule, sans que je vous aide.

LISETTE.

Qu'est-ce que cela signifie?

M^{tre} BLAISE.

Et mêmement, à vous parmis de m'aimer; par exemple, j'y consens encore; si le cœur vous y porte, ne vous retenez pas, je vous lâche la bride là-dessus; il n'y aura rian de perdu.

LISETTE.

Le plaisant compliment! Eh! quel avantage en tirerais-je?

M^{tre} BLAISE.

Oh, dame! je sis bridé; mais ce n'est pas comme vous, je ne saurais parler pus clair. Voici venir Angélique; laissez-moi li toucher un petit mot d'affection, sans que ça empêche que vous soyez gentille.

LISETTE.

Ma foi, votre tête est dérangée, monsieur Blaise, je n'en rabats rien.

SCÈNE V.

LISETTE, ANGÉLIQUE, *un bouquet à la main,* M^{tre} BLAISE.

ANGÉLIQUE.

Bonjour, monsieur Blaise. Est-il vrai, Lisette, qu'il est venu quelqu'un de Paris, pour monsieur Lucidor?

LISETTE.

Oui, à ce que j'ai su.

ANGÉLIQUE.

Dit-on que ce soit pour l'emmener à Paris qu'on est venu?

LISETTE.

C'est ce que je ne sais pas; monsieur Lucidor ne m'en a rien appris.

M^{tre} BLAISE.

Il n'y a pas d'apparence; il veut auparavant vous marier dans l'opulence, à ce qu'il dit.

ANGÉLIQUE.

Me marier, monsieur Blaise! et à qui donc, s'il vous plaît?

M^{tre} BLAISE.

La parsonne n'a pas encore de nom.

LISETTE.

Il parle vraiment d'un très-grand mariage; il s'agit d'un homme du monde, et il ne dit pas qui c'est, ni d'où il viendra.

ANGÉLIQUE, *d'un air tendre et discret.*

D'un homme du monde qu'il ne nomme pas?

LISETTE.

Je vous rapporte ses propres termes.

ANGÉLIQUE.

Eh bien! je n'en suis pas inquiète; on le connaîtra tôt
ou tard.

M^{tre} BLAISE.

Ce n'est pas moi, toujours.

ANGÉLIQUE.

Oh! je le crois bien; ce serait là un beau mystère : vous
n'êtes qu'un homme des champs, vous.

M^{tre} BLAISE.

Eh bian! est-ce que les champs ne sont pas dans le
monde? (1) Stapendant, j'ons mes prétentions itou; mais je
ne me cache pas, je dis mon nom; je me montre, en pu-
bliant que je sis amoureux de vous; vous le savez bian.

(LISETTE lève les épaules.)

ANGÉLIQUE.

Je l'avais oublié.

M^{tre} BLAISE.

Me velà pour vous en aviser de rechef : vous souciez-
vous un peu de çà, mademoiselle Angélique?

(LISETTE boude.)

ANGÉLIQUE.

Hélas! guère.

M^{tre} BLAISE.

Guère! C'est toujours queuque chose : prenez-y garde, au
moins; car je vais me douter, sans façon, que je vous plais.

ANGÉLIQUE.

Je ne vous le conseille pas, monsieur Blaise; car il me
semble que non.

M^{tre} BLAISE.

Ah! bon ça, velà qui se comprend : c'est pourtant fâcheux,
voyez-vous, ça me chagraine; mais n'importe, ne vous gê-
nez pas; je revienrai tantôt pour savoir si vous désirez que
j'en parle à madame Argante, ou s'il faudra que je m'en
taise; ruminez ça à part vous, et faites à votre guise. Bonjour. *(A Lisette, en s'en allant.)* Que vous êtes avenante!

LISETTE, *en colère.*

Quelle cervelle!

_____

(1) *Nota.* Cette phrase est de tradition.

SCÈNE VI.

LISETTE, ANGÉLIQUE.

ANGÉLIQUE.

Heureusement, je ne crains pas son amour; quand il me demanderait à ma mère, il n'en sera pas plus avancé.

LISETTE.

Lui! c'est un conteur de sornettes, qui ne convient pas à une fille comme vous.

ANGÉLIQUE.

Je ne l'écoute pas. Mais dis-moi, Lisette; monsieur Lucidor parle donc sérieusement d'un mari?

LISETTE.

Mais d'un mari distingué, d'un établissement considérable.

ANGÉLIQUE.

Très-considérable, si c'est ce que je soupçonne.

LISETTE.

Eh! que soupçonnez-vous?

ANGÉLIQUE.

Oh! je rougirais trop, si je me trompais.

LISETTE.

Ne serait-ce pas lui, par hasard, que vous vous imaginez être l'homme en question, tout grand seigneur qu'il est par ses richesses?

ANGÉLIQUE.

Bon! lui! Je ne sais pas seulement moi-même ce que je veux dire : on rêve, on promène sa pensée, et puis c'est tout. On le verra, ce mari; je ne l'épouserai pas sans le voir.

LISETTE.

Quand ce ne serait qu'un de ses amis, ce serait toujours une grande affaire. A propos, il m'a recommandé d'aller l'avertir quand vous seriez venue, et il m'attend dans l'allée.

ANGÉLIQUE.

Eh! va donc; à quoi t'amuses-tu là? Pardi, tu fais bien les commissions qu'on te donne; il n'y sera peut-être plus.

SCÈNE VII.

LISETTE, ANGÉLIQUE, LUCIDOR.

LUCIDOR.

Y a-t-il long-temps que vous êtes ici, Angélique?

ANGÉLIQUE.

Non, monsieur; il n'y a qu'un moment que je sais que vous avez envie de me parler, et je la querellais de ne me l'avoir pas dit plutôt.

LUCIDOR.

Oui, j'ai à vous entretenir d'une chose assez importante.

LISETTE.

Est-ce en secret? M'en irai-je?

LUCIDOR.

Il n'y a pas de nécessité que vous restiez.

ANGÉLIQUE.

Aussi bien je crois que mère aura besoin d'elle.

LISETTE.

Je me retire donc.

(Elle sort.)

SCÈNE VIII.

ANGÉLIQUE, LUCIDOR.

Lucidor regarde attentivement Angélique.

ANGÉLIQUE, *en riant.*

A quoi songez-vous donc en me considérant si fort.

LUCIDOR.

Je songe que vous embellissez tous les jours.

ANGÉLIQUE.

Ce n'était pas de même quand vous étiez malade. A propos, je sais que vous aimez les fleurs, et je pensais à vous aussi en cueillant ce petit bouquet; tenez, monsieur, prenez-le.

(Les yeux baissés, elle fait la révérence en donnant son bouquet.)

LUCIDOR, *rendant le bouquet.*

Je ne le prendrai que pour vous le rendre, j'aurai plus de plaisir à vous le voir.

ANGÉLIQUE, *reprenant le bouquet.*

Et moi, à cette heure que je l'ai reçu, je l'aime mieux qu'auparavant.

LUCIDOR.

Vous ne répondez jamais rien que d'obligeant.

ANGÉLIQUE.

Ah! cela est si aisé avec de certaines personnes. Mais que me voulez-vous donc?

LUCIDOR.

Vous donner des témoignages de l'extrême amitié que j'ai pour vous, à condition qu'avant tout, vous m'instruirez de l'état de votre cœur.

ANGÉLIQUE.

Hélas! le compte en sera bientôt fait! je ne vous en dirai rien de nouveau : ôtez notre amitié, que vous savez bien, il n'y a rien dans mon cœur, que je sache; je n'y vois qu'elle.

LUCIDOR.

Vos façons de parler me font tant de plaisir, que j'en oublie presque ce que j'ai à vous dire.

ANGÉLIQUE.

Comment faire? vous oublierez donc toujours, à moins que je ne me taise; je ne connais point d'autre secret.

LUCIDOR.

Je n'aime point ce secret-là; mais poursuivons. Il n'y a encore environ que sept semaines que je suis ici.

ANGÉLIQUE.

Y a-t-il tant que cela? Que le temps passe vite! Après?

LUCIDOR.

Et je vois quelquefois bien des jeunes gens du pays qui vous font la cour; lequel de tous distinguez-vous parmi eux? Confiez-moi ce qui en est comme au meilleur ami que vous ayez.

ANGÉLIQUE.

Je ne sais pas, monsieur, pourquoi vous pensez que j'en distingue. Des jeunes gens qui me font la cour! Est-ce que je les remarque? Est-ce que je les vois? Ils perdent donc bien leur temps.

LUCIDOR.

Je vous crois, Angélique.

ANGÉLIQUE.

Je ne me souciais d'aucun quand vous êtes venu ici, et je ne m'en soucie pas davantage depuis que vous y êtes, assurément.

LUCIDOR.

Êtes-vous aussi indifférente pour maître Blaise, ce jeune fermier, qui veut vous demander en mariage, à ce qu'il m'a dit?

ANGÉLIQUE.

Il me demandera en ce qui lui plaira; mais, en un mot, tous ces gens-là me déplaisent depuis le premier jusqu'au dernier; principalement lui, qui me reprochait l'autre jour que nous parlions trop souvent tous deux, comme s'il n'était pas bien naturel de se plaire plus en votre compagnie qu'en la sienne. Que cela est sot!

LUCIDOR.

Si vous ne haïssez pas de me parler, je vous le rends bien, ma chère Angélique : quand je ne vous vois pas, vous me manquez, et je vous cherche.

ANGÉLIQUE.

Vous ne cherchez pas long-temps; car je reviens bien vite, et ne sors guère.

LUCIDOR.

Quand vous êtes revenue, je suis content.

ANGÉLIQUE.

Et moi, je ne suis pas mélancolique.

LUCIDOR.

Il est vrai; je vois avec joie que votre amitié répond à la mienne.

ANGÉLIQUE.

Oui; mais malheureusement vous n'êtes pas de notre village, et vous retournerez peut-être bientôt à votre Paris que je n'aime guère. Si j'étais à votre place, il me viendrait plutôt chercher que je n'irais le voir.

LUCIDOR.

Eh! qu'importe que j'y retourne ou non, puisqu'il ne tiendra qu'à vous que nous y soyons tous deux.

ANGÉLIQUE.

Tous deux, monsieur Lucidor! Eh mais! contez-moi donc comme quoi.

LUCIDOR.

C'est que je vous destine un mari qui y demeure.

ANGÉLIQUE.

Est-il possible? Ah! ça, ne me trompez pas, au moins, tout le cœur me bat; loge-t-il avec vous?

LUCIDOR.

Oui, Angélique, nous sommes dans la même maison.

ANGÉLIQUE.

Ce n'est pas assez, je n'ose encore être bien aise en toute confiance. Quel homme est-ce?

LUCIDOR.

Un homme très-riche.

ANGÉLIQUE.

Ce n'est pas là le principal. Après?

LUCIDOR.

Il est de mon âge et de ma taille.

ANGÉLIQUE.

Bon, c'est ce que je voulais savoir.

LUCIDOR.

Nos caractères se ressemblent, il pense comme moi.

ANGÉLIQUE.

Toujours de mieux en mieux. Que je l'aimerai!

LUCIDOR.

C'est un homme tout aussi uni, tout aussi sans façon que je le suis.

ANGÉLIQUE.

Je n'en veux point d'autre.

LUCIDOR.

Qui n'a ni ambition ni gloire, et qui n'exigera de celle qu'il épousera, que son cœur.

ANGÉLIQUE, *vivement, en riant.*

Il l'aura, monsieur Lucidor, il l'aura; il l'a déjà; je l'aime autant que vous, ni plus ni moins.

LUCIDOR.

Vous aurez le sien, Angélique, je vous en assure : je le connais, c'est tout comme s'il vous le disait lui-même.

ANGÉLIQUE.

Eh! sans doute; et moi, je réponds aussi comme s'il était là,

LUCIDOR.

Ah! que de l'humeur dont il est, vous allez le rendre heureux!

ANGÉLIQUE.

Ah! je vous promets qu'il ne sera pas heureux tout seul.

LUCIDOR.

Adieu, ma chère Angélique; il me tarde d'entretenir votre mère, et d'avoir son consentement. Le plaisir que me fait ce mariage, ne me permet pas de différer davantage. Mais, avant que je vous quitte, acceptez de moi ce petit présent de noce, que j'ai droit de vous offrir, suivant l'usage, et en qualité d'ami; ce sont de petits bijoux que j'ai fait venir de Paris.   (*Il lui donne un écrin*).

ANGÉLIQUE.

Et moi, je les prends, parce qu'ils y retourneront avec vous, et que nous y serons ensemble : mais il ne fallait point de bijoux, c'est votre amitié qui est le véritable.

LUCIDOR.

Adieu, belle Angélique; votre mari ne tardera pas à paraître.

ANGÉLIQUE.

Courez donc, afin qu'il vienne plus vite.

(Lucidor sort.)

SCENE IX.

LISETTE, ANGÉLIQUE.

LISETTE.

Eh bien! mademoiselle, êtes-vous instruite? A qui vous marie-t-on?

ANGÉLIQUE.

A lui, ma chère Lisette, à lui-même; et je l'attends.

LISETTE.

A lui, dites-vous? Et quel est donc cet homme qui s'appelle lui par excellence? Est-ce qu'il est ici?

ANGÉLIQUE.

Eh! tu as dû le rencontrer; il va trouver ma mère.

LISETTE.

Je n'ai vu que monsieur Lucidor, et ce n'est pas lui qui vous épouse.

ANGÉLIQUE.

Eh! si fait; voilà vingt fois que je te le répète. Si tu savais comme nous nous sommes parlé, comme nous nous entendions bien sans qu'il ait dit : C'est moi; mais cela était si clair, si agréable, si tendre!......

LISETTE.

Je ne l'aurais jamais imaginé.

SCÈNE X.

LISETTE, ANGÉLIQUE, LUCIDOR, FRONTIN.

LISETTE.

Mais le voici encore.

LUCIDOR.

Je reviens, belle Angélique. En allant chez votre mère, j'ai trouvé monsieur qui arrivait; et j'ai cru qu'il n'y avait rien de plus pressé que de vous l'amener : c'est lui, c'est ce mari pour qui vous êtes si favorablement prévenue, et qui, par le rapport de nos caractères, est en effet un autre moi-même : il m'a apporté aussi le portrait d'une jeune et jolie personne qu'on veut me faire épouser à Paris. (*Il lui présente un portrait*). Jetez les yeux dessus: comment le trouvez-vous?

ANGÉLIQUE, *d'un air mourant, le repousse.*

Je ne m'y connais pas.

LISETTE.

Adieu; je vous laisse ensemble, et je cours chez madame Argante. (*Il s'approche d'elle.*) Êtes-vous contente?

(ANGÉLIQUE, sans lui répondre, tire la boîte de bijoux, et la lui rend sans le regarder; elle la met dans sa main, et il s'arrête comme surpris, et sans la lui remettre; après quoi il sort.)

SCENE XI.

LISETTE, ANGÉLIQUE, FRONTIN.

(ANGÉLIQUE reste immobile; LISETTE tourne autour de Frontin avec surprise; et FRONTIN paraît embarrassé.)

FRONTIN, *à Angélique, après un long silence.*

Mademoiselle, l'étonnante immobilité où je vous vois, intimide extrêmement mon inclination naissante; vous me découragez tout-à-fait, et je sens que je perds la parole.

LISETTE.

Mademoiselle est immobile, vous muet, et moi stupé-
faite; j'ouvre les yeux, je regarde, et je n'y comprends rien.

ANGÉLIQUE, *tristement.*

Lisette, qui est-ce qui l'aurait cru?

LISETTE.

Je ne le crois pas, moi qui le vois.

FRONTIN.

Si la charmante Angélique daignait seulement jeter un
regard sur moi, je crois que je ne lui ferais point de peur,
et peut-être y reviendrait-elle : on s'accoutume aisément à
me voir, j'en ai l'expérience; essayez-en.

ANGÉLIQUE, *sans le regarder.*

Je ne saurais; ce sera pour une autre fois. Lisette, tenez
compagnie à monsieur; je lui demande pardon, je ne me
sens pas bien, j'étouffe, et je vais me retirer dans ma
chambre.

(Elle sort.)

SCÈNE XII.

LISETTE, FRONTIN.

FRONTIN, *à part.*

Mon mérite a manqué son coup.

LISETTE, *à part.*

C'est Frontin, c'est lui-même.

FRONTIN, *à part.*

Voici le plus fort de ma besogne ici. (*Haut.*) Ma mie,
que dois-je conjecturer d'un aussi langoureux accueil? (LI-
SETTE *ne répond pas, et le regarde. Il continue.*) Eh bien!
répondez donc. Allez-vous me dire aussi que ce sera pour
une autre fois?

LISETTE.

Monsieur, ne t'ai-je pas vu quelque part?

FRONTIN.

Comment donc! ne t'ai-je pas vu quelque part? Ce village-
ci est bien familier.

LISETTE, *à part.*

Est-ce que je me tromperais?......... (*Haut.*) Monsieur,
excusez-moi, mais n'avez-vous jamais été à Paris chez une
madame Dorman, où j'étais?

FRONTIN.

Qu'est-ce que c'est que madame Dorman? Dans quel quartier?

LISETTE.

Du côté de la place Maubert, chez un marchand de café, au second.

FRONTIN.

Une place Maubert! une madame Dorman! un second! Non, mon enfant, je ne connais point cela, et je prends toujours mon café chez moi.

LISETTE.

Je ne dis plus mot : mais j'avoue que je vous ai pris pour Frontin, et il faut que je me fasse toute la violence du monde pour m'imaginer que ce n'est point lui.

FRONTIN.

Frontin! mais c'est un nom de valet?

LISETTE.

Oui, monsieur; et il m'a semblé que c'était toi....... que c'était vous, dis-je.

FRONTIN.

Quoi! toujours des tu et des toi? Vous me lassez à la fin.

LISETTE.

J'ai tort; mais tu lui ressembles si fort..... Eh! monsieur, pardon. Je retombe toujours. Quoi! tout de bon, ce n'est pas toi?...... Je veux dire : ce n'est pas vous?

FRONTIN, *riant.*

Je crois que le plus court est d'en rire moi-même. Allez, ma fille, un homme moins raisonnable et de moindre étoffe, se fâcherait; mais je suis trop au-dessus de votre méprise, et vous me divertiriez beaucoup, si ce n'était le désagrément qu'il y a d'avoir une physionomie commune avec ce coquin-là. La nature pouvait se passer de lui donner le double de la mienne, et c'est un affront qu'elle m'a fait : mais ce n'est pas votre faute. Parlons de votre maîtresse.

LISETTE.

Oh! monsieur, n'y ayez point de regret; celui pour qui je vous prenais est un garçon fort aimable, fort amusant, plein d'esprit, et d'une très-jolie figure.

FRONTIN.

J'entends bien; la copie est parfaite.

LISETTE.

, Si parfaite, que je n'en reviens point; et tu serais le plus grand maraud...... Monsieur, je me brouille encore; la ressemblance m'emporte.

FRONTIN.

Ce n'est rien, je commence à m'y faire; ce n'est pas à moi à qui vous parlez?

LISETTE.

Non, monsieur, c'est à votre copie; et je voulais dire qu'il aurait grand tort de me tromper, car je voudrais de tout mon cœur que ce fût lui : je crois qu'il m'aimait, et je le regrette.

FRONTIN.

Vous avez raison, il en valait bien la peine. *(A part.)* Que cela est flatteur!

LISETTE.

Voilà qui est bien particulier; à chaque fois que vous parlez, il me semble l'entendre.

FRONTIN.

Vraiment, il n'y a rien là de surprenant; dès qu'on se ressemble, on a le même son de voix, et volontiers les mêmes inclinations; il vous aimait, dites-vous, et je ferais comme lui, sans l'extrême distance qui nous sépare.

LISETTE.

Hélas! je me réjouissais en croyant l'avoir retrouvé.

FRONTIN, *à part.*

Oh!...... *(Haut.)* Tant d'amour sera récompensé, ma belle enfant, je vous le prédis. En attendant, vous ne perdrez pas tout; je m'intéresse à vous, et je vous rendrai service : ne vous mariez point sans me consulter.

LISETTE.

Je sais garder un secret, monsieur, dites-moi si c'est toi.

FRONTIN.

Allons, vous abusez de ma bonté; il est temps que je me retire. *(A part, en s'en allant.)* Ouf! le rude assaut!

SCENE XIII.

LISETTE, *seule.*

Je m'y suis pris de toutes façons, et ce n'est pas lui, sans

L'Epreuve. 4

doute; mais il n'y a jamais rien eu de pareil : quand ce serait lui, au reste, maître Blaise est bien un autre parti, s'il m'aime.

SCENE XIV.

M^{tre} BLAISE, LISETTE.

M^{tre} BLAISE.

Eh bien! fillette, à quoi en suis-je avec Angélique?

LISETTE.

Au même état où vous étiez tantôt.

M^{tre} BLAISE, *en riant.*

Eh mais! tampire, ma grande fille.

LISETTE.

Ne me direz-vous point ce que peut signifier le tampis que vous me dites en riant?

M^{tre} BLAISE.

C'est que je ris de tout, mon poulet.

LISETTE.

En tout cas, j'ai un avis à vous donner : c'est qu'Angélique ne paraît pas disposée à accepter le mari que monsieur Lucidor lui destine, et qui est ici; et que, si dans ces circonstances, vous continuez à la rechercher, apparemment vous l'obtiendrez.

M^{tre} BLAISE, *tristement.*

Croyez-vous? Eh mais! tant mieux.

LISETTE.

Oh! vous m'impatientez avec vos tant mieux si tristes, et vos tant pis si gaillards; et le tout en m'appelant ma grande fille, et mon poulet : il faut, s'il vous plaît, que j'en aie le cœur net; monsieur Blaise, pour la dernière fois, est-ce que vous m'aimez?

M^{tre} BLAISE.

Il n'y a pas encore de réponse à ça.

LISETTE.

Vous vous moquez donc de moi?

M^{tre} BLAISE.

V'là une mauvaise pensée.

LISETTE.

Avez-vous toujours dessein de demander Angélique en mariage?

M^{tre} BLAISE.

Le micmac le requiert.

LISETTE.

Le micmac! Et, si on vous la refuse, en serez-vous fâché?

M^{tre} BLAISE, *riant.*

Oui, da.

LISETTE.

En vérité, dans l'incertitude où vous me tenez de vos sentimens, que voulez-vous que je réponde aux douceurs que vous me dites? Mettez-vous à ma place.

M^{tre} BLAISE.

Boutez-vous à la mienne.

LISETTE.

Eh! quelle est-elle? car, si vous êtes de bonne foi, si effectivement vous m'aimez.....

M^{tre} BLAISE, *riant.*

Oui, je suppose.

LISETTE.

Vous jugez bien que je n'aurais pas le cœur ingrat.

M^{tre} BLAISE, *riant.*

Hé! hé! hé!....... Lorgnez-moi un peu, que je voie si ça est vrai.

LISETTE.

Qu'en ferez-vous?

M^{tre} BLAISE, *riant.*

Hé! hé!...... Je le garde. La gentille enfant! Queu dommage de laisser ça dans la peine!

LISETTE.

Quelle obscurité! Voilà madame Argante et monsieur Lucidor; * il est apparemment question du mariage d'Angélique avec l'amant qui lui est venu; la mère voudra qu'elle l'épouse; et, si elle obéit, comme elle y sera peut-être obligée, il ne sera plus nécessaire que vous la demandiez, * ainsi, retirez-vous, je vous prie.

M^{tre} BLAISE.

* Oui; mais je sis d'obligation aussi de revenir voir ce qui en est, pour me comporter à l'avenant.

LISETTE, *fâchée.*

* Encore! Oh! votre énigme est d'une impertinence qui m'indigne. *

Mlle BLAISE, *riant, et s'en allant.*

C'est pourtant douze mille francs qui vous fâchent.

LISETTE, *le voyant aller.*

Douze mille francs! Où va-t-il prendre ce qu'il dit là?
Je commence à croire qu'il y a quelque motif à cela.

SCÈNE XV.

LISETTE, Mad. ARGANTE, FRONTIN, LUCIDOR.

Mad. ARGANTE, *en entrant, à Frontin.*

Eh! monsieur, ne vous rebutez point; il n'est pas possible qu'Angélique ne se rende, il n'est pas possible. *(A Lisette.)* Lisette, vous étiez présente quand monsieur a vu ma
fille; est-il vrai qu'elle ne l'ait pas bien reçu? Qu'a-t-elle
donc dit? Parlez; a-t-il lieu de se plaindre?

LISETTE.

Non, madame, je ne me suis point aperçue de mauvaise
réception; il n'y a eu qu'un étonnement naturel à une jeune
et honnête fille, qui se trouve, pour ainsi dire, mariée dans
la minute; mais, pour le peu que madame la rassure et s'en
mêle, il n'y aura pas la moindre difficulté.

LUCIDOR.

Lisette a raison; je pense comme elle.

Mad. ARGANTE.

Eh! sans doute; elle est si jeune et si innocente!

FRONTIN.

Madame, le mariage en impromptu étonne l'innocence,
mais ne l'afflige pas; et votre fille est allée se trouver mal
dans sa chambre.

Mad. ARGANTE.

Vous verrez, monsieur; vous verrez...... Allez, Lisette,
dites-lui que je lui ordonne de venir tout-à-l'heure, ame-
nez-la ici; partez.

(LISETTE sort.)

SCENE XVI.

Mad. ARGANTE, FRONTIN, LUCIDOR.

Mad. ARGANTE, *à Frontin.*

Il faut avoir la bonté de lui pardonner ces premiers mou-
vemens-là, monsieur; ce ne sera rien.

FRONTIN.

Vous avez beau dire, on a eu tort de m'exposer à cette aventure - ci; il est fâcheux à un galant homme à qui tout Paris jette ses filles à la tête, et qui les refuse toutes, de venir lui-même essuyer les dédains d'une jeune citoyenne de village, à qui on ne demande précisément que sa figure en mariage. Votre fille me convient fort, et je rends grâce à mon ami de me l'avoir retenue; mais il fallait, en m'appelant, me tenir sa main si prête et si disposée, que je n'eusse qu'à tendre la mienne pour la recevoir; point d'autre cérémonie.

LUCIDOR.

Je n'ai-pas dû deviner l'obstacle qui se présente.

Mad. ARGANTE.

Eh! messieurs, un peu de patience; regardez-la dans cette occasion-ci comme un enfant.

SCENE XVII.

LISETTE, ANGÉLIQUE, Mad. ARGANTE, RFONTIN, LUCIDOR.

Mad. ARGANTE.

Approchez, mademoiselle, approchez : n'êtes-vous pas bien sensible à l'honneur que vous fait monsieur de venir vous épouser, malgré votre peu de fortune et la médiocrité de votre état?

FRONTIN.

Rayons ce mot d'honneur, mon amour et ma galanterie le désapprouvent.

Mad. ARGANTE.

Non, monsieur, je dis la chose comme elle est. Répondez, ma fille.

ANGÉLIQUE.

Ma mère!.....

Mad. ARGANTE.

Vite donc.

FRONTIN.

Point de ton d'autorité, sinon, je reprends mes bottes, et monte à cheval. *(A Angélique.)* Vous ne m'avez pas encore regardé, fille aimable, vous n'avez point encore vu ma personne; vous la rebutez sans la connaître; voyez-la, pour en juger.

ANGÉLIQUE.

Monsieur.....

Mad. ARGANTE.

Monsieur! Ma mère! Levez la tête.

FRONTIN.

Silence, maman; voilà une réponse entamée.

LISETTE.

Vous êtes trop heureuse, mademoiselle; il faut que vous soyez née coiffée.

ANGÉLIQUE, *vivement.*

En tout cas, je ne suis pas née babillarde.

FRONTIN.

Vous n'en êtes que plus rare. Allons, mademoiselle, reprenez haleine, et prononcez.

Mad. ARGANTE.

Je dévore ma colère.

LUCIDOR.

Que je suis mortifié!

FRONTIN, *à Angélique.*

Courage; encore un effort pour achever.

ANGÉLIQUE.

Monsieur, je ne vous connais point.

FRONTIN.

La connaissance est sitôt faite en mariage; c'est un pays où l'on va si vite......

Mad. ARGANTE.

Comment! étourdie, ingrate que vous êtes!

FRONTIN.

Ah! Ah! madame Argante, vous avez le dialogue d'une rudesse insoutenable.

Mad. ARGANTE.

Je sors; je ne pourrais pas me retenir; mais je la déshérite, si elle continue de répondre aussi mal aux obligations que nous vous avons, messieurs. Depuis que monsieur Lucidor est ici, son séjour n'a été marqué, pour nous, que par des bienfaits. Pour comble de bonheur, il procure à ma fille un mari tel qu'elle ne pouvait pas l'espérer, ni pour le bien, ni pour le rang, ni pour le mérite......

FRONTIN.

Tout doux, appuyez légèrement sur le dernier.

Mad. ARGANTE.

Et, merci de ma vie, qu'elle l'accepte, ou je la renonce.

(Elle sort.)

SCENE XVIII.

LISETTE, ANGÉLIQUE, FRONTIN, LUCIDOR.

LISETTE.

En vérité, mademoiselle, on ne saurait vous excuser. Attendez-vous qu'il vous vienne un prince ?

FRONTIN.

Sans vanité, voici mon apprentissage en fait de refus; je ne connaissais pas cet affront-là.

LUCIDOR.

Vous savez, belle Angélique, que je vous ai d'abord consulté sur ce mariage; je n'y ai pensé que par zèle pour vous, et vous m'en avez paru satisfaite.

ANGÉLIQUE.

Oui, monsieur, votre zèle est admirable; c'est la plus belle chose du monde : j'ai tort, je suis une étourdie, mais laissez-moi dire. A cette heure que ma mère n'y est plus, et que je suis un peu plus hardie, il est juste que je parle à mon tour, et je commence par vous, Lisette; c'est que je vous prie de vous taire, entendez-vous? Il n'y a rien ici qui vous regarde : quand il vous viendra un mari, vous en ferez ce qu'il vous plaira, sans que je vous en demande compte, et je ne vous dirai point sottement, ni que vous êtes née coiffée, ni que vous êtes trop heureuse, ni que vous attendez un prince, ni d'autres propos aussi ridicules que vous m'avez tenus, sans savoir ni quoi, ni qu'est-ce.

FRONTIN.

Sur sa part, je devine la mienne.

ANGÉLIQUE.

La vôtre est toute prête, monsieur. Vous êtes honnête homme, n'est-ce pas?

FRONTIN.

C'est en quoi je brille.

ANGÉLIQUE.

Vous ne voudrez pas causer du chagrin à une fille qui ne vous a jamais fait de mal; cela serait cruel et barbare.

FRONTIN.

Je suis l'homme du monde le plus humain; vos pareilles en ont mille preuves.

ANGÉLIQUE.

C'est bien fait : je vous dirai donc, monsieur, que je serais mortifiée s'il fallait vous aimer; le cœur me le dit, on sent cela; non que vous ne soyez fort aimable, pourvu que ce ne soit pas moi qui vous aime : je ne finirai point de vous louer quand ce sera pour une autre; je vous prie de prendre en bonne part ce que je vous dis là, j'y vais de tout mon cœur; ce n'est pas moi qui ai été vous chercher, une fois; je ne songeais pas à vous; et, si je l'avais pu, il ne m'en aurait pas plus coûté de vous crier : Ne venez pas, que de vous dire : Allez vous-en.

FRONTIN.

Comme vous me le dites.

ANGÉLIQUE.

Oh! sans doute; et le plutôt sera le mieux. Mais que vous importe, vous ne manquerez pas de filles : quand on est riche, on en a tant qu'on veut, à ce qu'on dit; au lieu que naturellement je n'aime pas l'argent; j'aimerais mieux en donner que d'en prendre; c'est là mon humeur.

FRONTIN.

Elle est bien opposée à la mienne. A quelle heure voulez-vous que je parte?

ANGÉLIQUE.

Vous êtes bien honnête; quand il vous plaira, je ne vous retiens point : il est tard à cette heure, mais il fera beau demain.

FRONTIN, *à Lucidor.*

Mon grand ami, voilà ce qu'on appelle un congé bien conditionné, et je le reçois, sauf vos conseils, qui me règleront là-dessus cependant; ainsi, belle ingrate, je diffère encore mes derniers adieux.

ANGÉLIQUE.

Quoi! monsieur, ce n'est pas fait? Pardi! vous avez bon courage! *(Pendant que Frontin s'en va.)* Votre ami n'a guère de cœur; il me demande à quelle heure il partira, et il reste.

SCENE XIX.

LISETTE, ANGÉLIQUE, LUCIDOR.

LUCIDOR.

Il n'est pas si aisé de vous quitter, Angélique; mais je vous débarrasserai de lui.

LISETTE.

Quelle perte! un homme qui lui faisait sa fortune.

LUCIDOR.

Il y a des antipathies insurmontables; si Angélique est dans ce cas-là, je ne m'étonne point de son refus, et je ne renonce pas au projet de l'établir avantageusement.

ANGÉLIQUE.

Eh! monsieur, ne vous en mêlez pas. Il y a des gens qui ne font que nous porter guignon.

LUCIDOR.

Vous porter guignon, avec les intentions que j'ai! Et qu'avez-vous à reprocher à mon amitié?

ANGÉLIQUE, *à part.*

Son amitié! Le méchant homme!

LUCIDOR.

Dites-moi de quoi vous vous plaignez.

ANGÉLIQUE.

Moi, monsieur, me plaindre! Et qui est-ce qui y songe? Où sont les reproches que je vous fais? Me voyez-vous fâchée? Je suis très-contente de vous, vous en agissez on ne peut pas mieux! comment donc, vous m'offrez des maris tant que j'en voudrai; vous m'en faites venir de Paris, sans que j'en demande; y a-t-il rien de plus obligeant, de plus officieux? Il est vrai que je laisse là tous vos mariages; mais aussi, il ne faut pas croire, à cause de vos rares bontés, qu'on soit obligée, vite et vite, de se donner au premier venu, que vous attirerez de je ne sais où, et qui arrivera tout botté pour m'épouser sur votre parole; il ne faut pas croire cela. Je suis fort reconnaissante, mais je ne suis pas idiote.

LUCIDOR.

Quoi que vous en disiez, vos discours ont une aigreur que je ne sais à quoi attribuer, et que je ne mérite point.

L'Épreuve. 5

LISETTE.

Ah! j'en sais bien la cause, moi, si je voulais parler.

ANGÉLIQUE.

Hem! Qu'est-ce que c'est que cette science que vous avez? Que veut-elle dire? Écoutez, Lisette; je suis naturellement douce et bonne, un enfant a plus de malice que moi; mais, si vous me fâchez, vous m'entendez bien, je vous promets de la rancune pour mille ans.

LUCIDOR.

Si vous ne vous plaignez pas de moi, reprenez donc ce petit présent que je vous avais fait, et que vous m'avez rendu sans me dire pourquoi.

ANGÉLIQUE.

Pourquoi? C'est qu'il n'est pas juste que je l'aie. Le mari et les bijous étaient pour aller ensemble, et en rendant l'un, je rends l'autre. Vous voilà bien embarrassé; gardez cela pour cette charmante beauté dont on vous a apporté le portrait.

LUCIDOR.

Je lui en trouverai d'autres, reprenez ceux-ci.

ANGÉLIQUE.

Oh! qu'elle garde tout, monsieur, je les jetterais.

LISETTE.

Et moi, je les ramasserai.

LUCIDOR.

C'est-à-dire que vous ne voulez pas que je songe à vous marier; et que, malgré ce que vous m'avez dit tantôt, il y a quelque amour secret dont vous me faites mystère?

ANGÉLIQUE.

Eh! mais cela se peut bien; oui, monsieur, voilà ce que c'est; j'en ai pour un homme d'ici, et quand je n'en aurais pas, j'en prendrais tout exprès demain pour avoir un mari à ma fantaisie.

SCENE XX.

LISETTE, M⁽ᵗᵉ⁾ BLAISE, ANGÉLIQUE, LUCIDOR.

Mᵗᵉ BLAISE.

Je requiers la parmission d'interrompre pour avoir la déclaration de voute darnière volonté; mademoiselle, retenez-vous voute amoureux nouviau venu?

ANGÉLIQUE.

Non; laissez-moi.

M^{tre} BLAISE.

Me retenez-vous, moi?

ANGÉLIQUE.

Non.

M^{tre} BLAISE.

Une fois, deux fois, me voulez-vous?

ANGÉLIQUE.

L'insupportable homme!

LISETTE.

Êtes-vous sourd, maître Blaise? Elle vous dit que non.

M^{tre} BLAISE, *à Lisette.*

Oui, ma mie. *(A Lucidor.)* Ah ça, monsieur, je vous prends à témoin comme quoi je l'aime, comme quoi alle me repousse, que si alle ne me prend pas, c'est sa faute, et que ce n'est pas sur moi qu'il en faut jeter l'endosse. *(A Lisette, à part.)* Bonjour, poulet. *(Et puis à tous.)* Au demeurant, ça ne me surprend point; mademoiselle Angélique en refuse deux, alle en refuserait trois, alle en refuserait un boissiau; il n'y en a qu'un qu'alle envie; tout le reste est du fretin pour elle, hormis monsieur Lucidor, que j'ons deviné drès le commencement.

ANGÉLIQUE, *outrée.*

Monsieur Lucidor!

M^{tre} BLAISE.

Li-même; n'ons-je pas vu que vous pleuriez quand il fut malade, tant vous aviez peur qu'il ne devint mort?

LUCIDOR.

Je ne croirai jamais ce que vous dites là. Angélique pleurait par amitié pour moi?

ANGÉLIQUE.

Comment! vous ne croirez pas? Vous ne seriez pas un homme de bien de le croire. M'accuser d'aimer, à cause que je pleure, à cause que je donne des marques de bon cœur! Eh! mais je pleure tous les malades que je vois; je pleure pour tout ce qui est en danger de mourir; si mon oiseau mourait devant moi, je pleurerais. Dira-t-on que j'ai de l'amour pour lui?

LISETTE.

Passons, passons là-dessus; car, à vous parler franchement, je l'ai cru de même.

ANGÉLIQUE.

Quoi! vous aussi, Lisette! vous m'accablez, vous me dé-
chirez! Eh! que vous ai-je fait? Quoi! un homme qui ne
songe point à moi, qui veut me marier à tout le monde, je
l'aimerais, moi, qui ne pourrais pas le souffrir s'il m'aimait!
Moi, qui ai de l'inclination pour un autre! J'ai donc le
cœur bien bas, bien misérable! Ah! que l'affront qu'on me
fait m'est sensible!

LUCIDOR.

Mais, en vérité, Angélique, vous n'êtes pas raisonnable;
ne voyez-vous pas que ce sont nos petites conversations qui
ont donné lieu à cette folie qu'on a rêvée, et qu'elle ne mérite pas votre attention.

ANGÉLIQUE.

Hélas! monsieur, c'est par discrétion que je ne vous ai
pas dit ma pensée; mais je vous aime si peu, que si je ne
me retenais pas, je vous haïrais depuis ce mari que vous
avez mandé de Paris. Oui, monsieur, je vous haïrais : je ne
sais trop même si je ne vous hais pas; je ne voudrais pas
jurer que non, car j'avais de l'amitié pour vous, et je n'en
ai plus. Est-ce là des dispositions pour aimer?

LUCIDOR.

Je suis honteux de la douleur où je vous vois. Avez-vous
besoin de vous défendre? Dès que vous en aimez un autre,
tout n'est-il pas dit?

M^{tre} BLAISE.

Un autre galant? elle serait, morgué, bien en peine de le
montrer.

ANGÉLIQUE.

En peine? Eh bien! puisqu'on m'obstine, c'est justement
lui qui parle, cet indigne.

LUCIDOR.

Je l'ai soupçonné.

M^{tre} BLAISE.

Moi!

LISETTE.

Bon! cela n'est pas vrai.

ANGÉLIQUE.

Quoi! je ne sais pas l'inclination que j'ai? Oui, c'est lui,
je vous dis que c'est lui.

M^{tre} BLAISE.

Ah ça, mademoiselle, ne badinons point; ça n'a ni rime ni raison. Par votre foi, est-ce ma parsonne qui vous a pris le cœur?

ANGÉLIQUE.

Oh! je l'ai assez dit. Oui, c'est vous, malhonnête que vous êtes; si vous ne m'en croyez pas, je ne m'en soucie guère.

M^{tre} BLAISE.

Eh! mais jamais voute mère n'y consentira.

ANGÉLIQUE.

Vraiment, je le sais bien.

M^{tre} BLAISE.

Et pis, vous m'avez rebuté d'abord; j'ai compté là-dessus, moi; je me sis arrangé autrement. *(Il prend le bras de Lisette par-dessous le sien.)*

ANGÉLIQUE.

Eh bien! ce sont vos affaires.

M^{tre} BLAISE.

On n'a pas un cœur qui va et qui vient comme une girouette; faut être fille pour ça. On se fie à des refus.

ANGÉLIQUE.

Oh! accommodez-vous, benêt.

M^{tre} BLAISE,

Sans compter que je ne sis pas riche.

LUCIDOR.

Ce n'est pas là ce qui m'embarrassera, et j'applanirai tout; puisque vous avez le bonheur d'être aimé, maître Blaise, je donne vingt mille francs en faveur de ce mariage. (BLAISE *quitte le bras de Lisette, et lui tourne le dos.)* Je vais en porter la parole à madame Argante, et je reviens dans le moment vous en rendre la réponse.

ANGÉLIQUE.

Comme on me persécute!

LUCIDOR.

Adieu, Angélique; j'aurai enfin la satisfaction de vous avoir mariée selon votre cœur, quelque chose qui m'en coûte.

(Il sort.)

ANGÉLIQUE.

Je crois que cet homme-là me fera mourir de chagrin!

SCENE XXI.

LISETTE, M^{tre} BLAISE, ANGÉLIQUE.

LISETTE.

Ce monsieur Lucidor est un grand marieur de filles !
A quoi vous déterminez-vous, maître Blaise ?

M^{tre} BLAISE, *après avoir rêvé.*

Je dis qu'ou êtes toujours bian jolie, mais que ces vingt
mille francs vous font grand tort.

LISETTE.

Hum ! le vilain procédé !

ANGÉLIQUE, *à maître Blaise, d'un air languissant.*

Est-ce que vous aviez quelque dessein pour elle ?

M^{tre} BLAISE.

Oui, je n'en fais pas le fin.

ANGÉLIQUE, *languissante.*

Sur ce pied-là, vous ne m'aimez pas ?

M^{tre} BLAISE.

Si fait, dà ; ça m'avait un peu quitté, mais je vous r'aime
chèrement à cette heure.

ANGÉLIQUE, *toujours languissante.*

A cause des vingt mille francs ?

M^{tre} BLAISE.

A cause de vous, et pour l'amour d'eux.

ANGÉLIQUE.

Vous avez donc intention de les recevoir ?

M^{tre} BLAISE.

Pargué ! A votre avis ?

ANGÉLIQUE.

Et moi, je vous déclare que, si vous les prenez, je ne
veux point de vous.

M^{tre} BLAISE.

En veci bian d'un autre !

ANGÉLIQUE.

Il y aurait trop de lâcheté à vous de prendre de l'argent d'un homme qui a voulu me marier à un autre, qui m'a offensée en particulier, en croyant que je l'aimais, et qu'on dit que j'aime moi-même.

LISETTE.

Mademoiselle a raison; j'approuve tout-à-fait ce qu'elle dit là.

M^{tre} BLAISE.

Mais acoutez donc le bon sens : si je ne prends pas les vingt mille francs, vous me pardrez, vous ne m'aurez point, voute mère ne voura point de moi.

ANGÉLIQUE.

Eh bien! si elle ne veut point de vous, je vous laisserai.

M^{tre} BLAISE, *inquiet.*

Est-ce votre dernier mot ?

ANGÉLIQUE.

Je ne changerai jamais.

M^{tre} BLAISE.

Ah! me vela biau garçon! *(Il retourne à Lisette.)*

SCÈNE XXII.

LISETTE, M^{tre} BLAISE, ANGÉLIQUE, LUCIDOR.

LUCIDOR.

Votre mère consent à tout, belle Angélique, j'en ai sa parole, et votre mariage avec maître Blaise est conclu, moyennant les vingt mille francs que je donne. Ainsi, vous n'avez qu'à venir tous deux l'en remercier.

M^{tre} BLAISE.

Point du tout; il y a un autre vartigo qui la tiant; alle a de l'aversion pour le magot de vingt mille francs, à cause de vous qui les délivrez : alle ne veut point de moi si je les prends, et je veux du magot avec alle.

ANGÉLIQUE, *s'en allant.*

Et moi, je ne veux plus de qui que ce soit au monde.

LUCIDOR.

Arrêtez, de grâce, chère Angélique. Laissez-nous, vous autres.

M^{tre} BLAISE, *à M. Lucidor, en prenant Lisette sous le bras.*

Nout premier marché tiant-il toujours?

LUCIDOR.

Oui, je vous le garantis.

M^{tre} BLAISE.

Que le Ciel vous consarve en joie! (*A Lisette.*) Je vous fiance donc, fillette.

SCENE XXIII.

ANGÉLIQUE, LUCIDOR.

LUCIDOR.

Vous pleurez, Angélique?

ANGÉLIQUE.

C'est que ma mère sera fâchée; et puis j'ai eu assez de confusion pour cela.

LUCIDOR.

A l'égard de votre mère, ne vous en inquiétez pas; je la calmerai : mais me laisserez-vous la douleur de n'avoir pu vous rendre heureuse?

ANGÉLIQUE.

Oh! voilà qui est fini, je ne veux rien d'un homme qui m'a donné le renom que je l'aimais toute seule.

LUCIDOR.

Je ne suis point l'auteur des idées qu'on a eues là-dessus.

ANGÉLIQUE.

On ne m'a point entendu me vanter que vous m'aimiez, quoique je l'eusse pu croire aussi bien que vous, après toutes les amitiés et toutes les manières que vous avez eues pour moi depuis que vous êtes ici; je n'ai pourtant pas abusé de cela : vous n'en avez pas agi de même, et je suis la dupe de ma bonne foi.

LUCIDOR.

Quand vous auriez pensé que je vous aimais, quand vous m'auriez cru pénétré de l'amour le plus tendre, vous ne vous seriez pas trompée.

ANGÉLIQUE, *ici redouble ses pleurs, et sanglotte davantage.*

LUCIDOR, *continuant.*

Et, pour achever de vous ouvrir mon cœur, je vous avoue que je vous adore, Angélique.

ANGÉLIQUE.

Je n'en sais rien; mais si jamais je viens à aimer quelqu'un, ce ne sera pas moi qui lui chercherai des filles en mariage, je le laisserai plutôt mourir garçon.

LUCIDOR.

Hélas! Angélique, sans la haine que vous m'avez déclarée, et qui m'a paru si vraie, si naturelle, j'allais me proposer moi-même. Mais qu'avez-vous donc encore à soupirer?

ANGÉLIQUE.

Vous dites que je vous hais, n'ai-je pas raison? Quand il n'y aurait que ce portrait de Paris, qui est dans votre poche.

LUCIDOR.

Ce portrait n'est qu'une feinte; c'est celui d'une sœur que j'ai.

ANGÉLIQUE.

Je ne pouvais pas deviner.

LUCIDOR.

Le voici, Angélique, et je vous le donne.

ANGÉLIQUE.

Qu'en ferai-je, si vous n'y êtes plus? Un portrait ne guérit de rien.

L'Epreuve. 6

LUCIDOR.

Et si je restais, si je vous demandais votre main, si nous ne nous quittions de la vie?

ANGÉLIQUE.

Voilà du moins ce qu'on appelle parler, cela.

LUCIDOR.

Vous m'aimez donc?

ANGÉLIQUE.

Ai-je jamais fait autre chose!

LUCIDOR, *se mettant tout-à-fait à genoux.*

Vous me transportez, Angélique!

SCÈNE XXIV ET DERNIÈRE.

M^ile BLAISE, LISETTE, ANGÉLIQUE, LUCIDOR, Mad. ARGANTE, FRONTIN.

Mad. ARGANTE.

Eh bien! monsieur...... Mais que vois-je? Vous êtes aux genoux de ma fille, je pense?

LUCIDOR.

Oui, madame; et je l'épouse dès aujourd'hui, si vous y consentez.

Mad. ARGANTE, *charmée.*

Vraiment, que de reste, monsieur; c'est bien de l'honneur à nous tous; et il ne manquera rien à la joie où je suis, si monsieur, (*montrant Frontin*) qui est votre ami, demeure aussi le nôtre.

FRONTIN.

Je suis de si bonne composition, que ce sera moi qui vous verserai à boire à table. (*A Lisette.*) Ma reine, puisque vous aimiez tant Frontin, et que je lui ressemble, j'ai envie de l'être.

LISETTE.

Ah! coquin, j'entends bien; mais tu l'es trop tard.

M^{tre} BLAISE.

Je ne pouvons nous quitter, il y a douze mille francs qui nous suivent.

Mad. ARGANTE.

Que signifie donc cela?

LUCIDOR.

Je vous l'expliquerai tout-à-l'heure. Qu'on fasse venir les violons du village, et que la journée finisse par des danses.

F I N.